El paso de cebra

cebra

y otros relatos

Gerona Rovira

El paso de cebra y otros relatos

Segunda edición: julio 2022

Editor: Álvaro Valderas
Dibujo de portada: Cristian Zuñiga
Diseñador gráfico: Amado Dickert
Diagramación: @MacchiatoDesign

ISBN: 978-9962-13-514-2

A mi madre.

A mi tía Mity. En una reunión familiar me dijo que ahora nos tocaba a nosotros hacer algo diferente.

No se me olvidó.

Contenido

AGRADECIMIENTOS

(En orden alfabético)

Alicia Wu
Claudia Ronderos
Cynthia Maritza Ruiz
Edgardo Javier Lasso
Jenny Liao
Jorge Soneira
Karina Troya
Kathia Arjona
Vilma Estribí

El paso de cebra y otros relatos

PRÓLOGO

Comencé a escribir este libro en la tortuosa procesión kafkiana que cobra vida todos los días entre Ciudad de Panamá y La Chorrera, sentada con cuatro desconocidos, el cuerpo presionado contra la puerta en un diminuto carro sin maletero, en un vaivén de aceleración y frenado entre 0 y 30 kilómetros por hora. El ser del género masculino que estaba a mi izquierda no dejaba de cabecear en mi hombro y la fémina al otro extremo era un orco roncando. Las bocinas, que exhalaban un sonido considerado por algunos como música, me martillaban el cráneo a la vez que el hedor a humedad del aire acondicionado me hacía arrepentirme de haber almorzado ensalada de papas con macarrones.

Una molestia de viaje, la verdad. Apenas habían transcurrido cuarenta minutos desde que había salido del trabajo después de una larga jornada. Intenté distraerme observando los frondosos árboles con hojas de diversos tamaños y formas, de gran verdor, en los que miles de especies de insectos y otros animales vivían sin interesarles lo más mínimo lo que era un automóvil. El sol del atardecer se colaba por… Comencé a describir mis alrededores en una libreta que siempre cargo conmigo, pues había leído en internet que es importante que las historias tengan buenas descripciones. La fila avanzó y la imagen se transformó en una mancha verde para luego volver a definirse cuando el carro se detuvo en seco. Unos frenos chirriaron y lo próximo que recuerdo es estar presionada contra el respaldar del asiento delantero. El dolor me cegaba. Solo algunos gritos agonizantes a lo lejos y alguien que me hablaba a través del vidrio roto me distraían momentáneamente del horrendo trance. Decidí que ya no quería seguir, así que me dejé morir. Pero no crea que ese fue el fin. El otro lado es aburrido, no hay tranques, pero hace mucho calor. Y, con tanto tiempo libre, decidí continuar lo que había comenzado, así que he aquí el resultado de algunas horas bien invertidas. Espero que lo disfrute y, si le gusta, recuerde decírselo a los cuatro vientos para que otros compren mis libros, porque, aunque sea después de muerta, quiero ser famosa. No se escandalice por mi franqueza, es que mis diez hermanos están todavía vivos y necesitan la plata.

«Solo sé que nada sé».
Sócrates

EL JUEGO

Edison y Gema estaban jugando con sus respectivos carritos dentro de la ciudad que construyeron en donde vivían los carros. De repente, un monstruo rosado gigantesco comenzó a atacar la ciudad, derrumbaba edificios, casas y autopistas. El monstruo rugía chillón al destruir todo a su paso. Los habitantes corrían desesperados, buscando refugio. Entonces, llegó…

—¡A ustedes qué les pasa! —gritó la nueva niñera al abrir la puerta.

Ambos niños voltearon a verla, temblando.

—Se quedan callados de una vez, que con esa gritería no se puede pensar.

Cerró la puerta y los dejó solos.

La cámara de la habitación apuntaba hacia el fondo y sus padres no habían podido comprar de las nuevas, que graban sonido. Esto no había quedado grabado.

Los niños se miraron a los ojos y, como siempre lo hacían, conversaron mentalmente.

—Ya debemos asustarla, ella es mala —indicó Gema.

—Tienes razón, no va a cambiar –repuso Edison, triste. No le gustaba hacer esas cosas, notaba cómo sus papás se asustaban cuando veían algo raro, por lo que él había decidido hace tiempo ocultar sus habilidades. La única que sabía era Gema. A ella le gustaba que él las usara para hacerla volar o para construir la ciudad con juguetes. A él le gustaba mover objetos, pero no construir la ciudad con sus habilidades; le fascinaba utilizar sus manos para colocar cada pieza en el lugar preciso —. ¿Y qué hago?

—Puedes mover cosas en la sala. Recuerda que ella alteró las cámaras. Mamá y papá no se van a dar cuenta.

—Pero, después, ¿quién nos va a cuidar?

—Nos pueden llevar adonde los abuelos, tonto.

—Pero están lejos.

—Los abuelos siempre nos van a recibir. No debes preocuparte, nadie le va a creer cuando contemos que ayer nos dejó sin almorzar o que la semana pasada nos amenazó con un cuchillo —aseveró Gema con un puchero—. Ella es mala y prefiero que los abuelos nos cuiden.

—Está bien.

Edison salió con cuidado del cuarto con Gema detrás de él. Ella no poseía poderes, pero le gustaba que, al menos, se pudieran comunicar mentalmente. Esto lo hacía en extremo protector hacia su hermana menor. Ellos estaban en el último cuarto y el pasillo del pequeño apartamento se les antojaba largo. Se asomaron por la esquina y no la vieron. Edison estaba sudando y temblaba. Gema le sostuvo la mano mientras él se concentraba. De un momento a otro, el sillón de la sala comenzó a flotar en el aire. «Suéltalo», le dijo Gema en sus pensamientos. El sillón hizo tal estruendo cuando golpeó el suelo que ambos temblaron ligeramente. La niñera salió de la cocina, asustada por el ruido.

—¿Qué chucha fue eso? —dijo, en voz baja; volteó y los miró a ambos, insegura y rabiosa—. ¿Qué verga están haciendo?

«Hazlo de nuevo». Edison se retiró y dejó de ver a la niñera mientras Gema le sostenía la mirada intensa, seria. Tres adornos de la sala se elevaron en el aire, Edison los miraba fijamente.

—Váyanse a su cuarto –les ordenó con el cuchillo de cortar en la mano—, hoy de nuevo no van a comer almuerzo —terminó, con brillo en sus ojos. Puede que haya sido su vista periférica o la intensa mirada de Edison, pero algo le llamó la atención y volteó y, al hacerlo, se tambaleó y apoyó su espalda en la pared exterior de la cocina—. ¿Qué es eso? —los miró a ambos—, paren eso ya, ¿qué están haciendo? ¡Detengan el holograma ya! —Se movió hacia la sala y emitió un chillido cuando, al revisar el equipo de TV, este estaba desconectado. Ella comenzó a revisar la pared y debajo del mueble, al tiempo que los objetos giraban más rápido en el aire—. ¿Dónde está el V3? A mí no me van a engañar, chiquillos de mierda.

Al voltearse, el sillón comenzó a flotar. Edison sudaba profusamente, moviendo la mirada entre los objetos. La niñera gritó:

—¿Qué están haciendo? Ustedes están causando esto, pingajos del diablo.

Les lanzó el cuchillo que llevaba en la mano. Gema haló a Edison y ambos cayeron al suelo al momento que el filo del cuchillo golpeó la pared donde habían estado apoyados. Todo lo que estaba en el aire cayó al suelo, los adornos se hicieron añicos y el sillón crujió mientras la niñera se abalanzó contra ellos con un fulgor en los ojos, agarró el cuchillo del suelo y haló por la pierna a Edison, el que más cerca se encontraba de ella. Y alzó el cuchillo; Gema gritó el nombre de su hermano; este detuvo el brazo de la niñera que empuñaba el arma, lo giró hacia ella y el metal entró en su barriga mientras sus ojos se desorbitaban; un grito se ahogó en su garganta, mientras su otra mano apretaba la piernecita de Edison con fuerza de acero; se escuchó un leve crujido y él gritó de dolor. Trataba de mantenerla quieta, pero la niñera se negaba. En eso, un *swing* del bate de Gema golpea el brazo que aferra a Edison y la niñera finalmente lo suelta; ella no llega a caer al piso porque sale disparada por el balcón. Gema suelta el bate y ambos se abrazan, llorando.

MI HIJO

El cielo se decantaba sobre el pueblo mientras Isis se movía intranquila en su cama. Eran ya pasadas las 12 de la medianoche y el sonsonete del agua en el ventanal, que generalmente la relajaba, no la dejaba en paz. Palabras, imágenes y olores retornaban a su cabeza como intentando hilar un tejido invisible de recuerdos. Su mente siempre evocaba un primer y un último pensamiento en el día; sin embargo, en esa noche lluviosa, igual a la de hacía dos años, estaba sumergida en sombrías reflexiones laberínticas.

Por encima del traqueteo del agua, un sonido sacó a Isis de sus perturbaciones. Contuvo la respiración y apretó la mandíbula, ¿serían ellos? A pesar de las gruesas cortinas, podía percibir un ligero haz de luz cerca del suelo, fuera de su habitación, a la vez que el golpeteo en el vidrio se hacía más sonoro. Se le crispó la piel. «Katherine, por favor...». Solo escuchó ese quejido y supo inmediatamente quién era. Bajó de la cama cautelosa, se acercó al ventanal y lo volvió a escuchar, «Katherine», amortiguado por el torrente de agua.

Isis, sin producir el más mínimo ruido, salió al pasillo, donde se veía el monitor de la entrada. Ahí estaba Gabriela, o, como era ahora, Vivian. No podía creerlo. Su recóndito pasado, que creía putrefacto en algún cementerio de casos olvidados, regresaba con ese nombre y con quien lo vocalizaba. Permaneció quieta por un par de minutos y pensó que tal vez se iría, pero no fue así. Vivian se dejó caer al suelo, llorando. Isis advirtió que iba a empeorar, por lo que se arriesgó a abrir y recogerla. Estaba empapada y, al parecer, delirando. Isis la obligó a calmarse y, con dificultad, la puso dentro de la bañera con agua caliente, la ayudó a bañarse, la secó y la vistió.

Al cabo de un tiempo, recobró la lucidez, todavía estaba oscuro, por lo que se pusieron a hablar. Isis la regañó, le dijo que tenía que ser fuerte, que sabía por lo que pasaba, pero que no podía volver a hacer aquello. Le daría algo de comer y se tenía que ir antes del amanecer.

De repente, un ruido de sirenas. Isis sabía cuáles. En ese momento, le sostuvo la mirada a Vivian y entonces se percató de la ligera opacidad en el iris de cada ojo, la estaban grabando.

—Lo siento, me lo prometieron, me dijeron que podría volver a verla; lo siento, Katherine —se lamentó Vivian con un llanto que anunciaba lo que más temía.

—Yo también tengo un hijo y nunca te hubiera hecho esto —contestó Isis con severidad, mientras retrocedía para salir del cuarto de baño.

Isis corrió al subsótano, se subió en el vehículo y salió por el túnel subterráneo. Salió a la calle a un kilómetro de la casa donde había vivido seis meses. Llegó al punto de control cercano, y ella no era ya Isis, o por lo menos no lo parecía. Sus documentos falsificados funcionaron a la perfección. Habían pasado dos años y solo se había tenido que mover de la casa una vez porque el área se tornó peligrosa, nunca porque la hubieran descubierto. Hasta cierto punto entendía a Vivian, hasta cierto punto.

Tres puntos de control y doce horas después, llegó a su sitio temporal. A Isis no le gustaba porque sus tíos, con quienes pasaba las vacaciones de la escuela, ahora pertenecían al régimen, pero no tenía otra opción.

Nando, su primo, rebelde en secreto, la recibió en la periferia de la propiedad y la guio por el laberinto subterráneo, utilizado para alojar a otros como ella, hasta llegar a lo que sería su habitación por un par de días. Isis observó el pequeño recinto y, desde lo profundo de su corazón, dijo «Gracias» con una verdadera sonrisa. Nando se encargó de alimentarla mientras estudiaban opciones de escape. La zona donde Nando vivía era la más exclusiva del cuadrante 11 y, por lo tanto, estaba altamente vigilada. No fue fácil entrar sin ser detectada y no iba a serlo salir de allí. Pero en la calle no hubiera durado. A la segunda noche ya tenían un plan de salida para Isis, que ejecutarían la noche siguiente. Pero la mañana no llegó, por lo menos no como le hubiera gustado. Un par de horas después de medianoche, cuando ya todos dormían, o eso creía ella, decidió salir a buscar provisiones a la despensa secreta que Nando había preparado para alimentar a quien alojara. Él estaba ocupado consiguiendo un permiso especial con unos traficantes que conocía. Al volver a ver la despensa, Isis no pudo dejar de preguntarse cómo había logrado tanta variedad de productos de buena calidad, ¿le robaría a sus papás? ¿O era parte de lo que traficaba? Unos pasos que se acercaban la sacaron de su encanto. Se colocó la bolsa en la espalda y se asomó por la puerta. Los pasos sonaban fuertes, no era el ligero de Nando.

Corrió hacia la salida por la ruta que ya había practicado varias veces. Escuchó el ruido de pisadas corriendo en otras zonas del laberinto, disparos, gritos. Logró salir y subirse a su vehículo camuflado por la cascada en el perímetro de la propiedad. Había un par de naves sobrevolando el área, y en ese momento lo percibió, a pesar de no verlo, sabía que estaba cerca, en alguna de esas naves. Apretó un botón y el vehículo se transformó, disparando una serie de señuelos y elevándose por los aires. Los disparos llegaron y los señuelos parecían no ser suficientes. Fueron apareciendo más naves, por lo que se vio forzada a utilizar su último recurso. Presionó una sección del tablero y su nave salió disparada hacia la atmósfera. Isis casi no pudo controlarla, pero valió la pena, su rescate ya venía, el radar lo anunciaba. De un momento a otro, los sistemas de la nave se apagaron, la nave comenzó a flotar, perdiendo altura rápidamente. A una altura segura, ella salió expelida de la cabina y cayó al lago. No conocía a su rescatista, pero sabía de quién era la nave, ella lo había pactado antes, su último recurso. Sortearon varios retenes hasta llegar a la zona no vigilada. Transitaron dos días más sobrevolando bajo y haciendo suficientes paradas para no ser detectados. No podía salir del planeta, pero todavía quedaban lugares apartados donde refugiarse. Al final, alcanzó su destino. Él la dejó en el lindero del bosque, le tomó una foto y le entregó otra: hacía dos años que no lo veía, y había crecido mucho.

—¿Cuándo la tomaron? —preguntó ella antes de recordar que no podía preguntar.

No hubo respuesta. La nave alzó el vuelo y ella quedó sola de nuevo para iniciar otra vida.

SILVINA CERRUD

Silvina Cerrud, sentada en la mecedora, observa desde el balcón la espesa lluvia caer sobre el follaje selvático que rodea su hogar. Recuerda que de niña le fascinaba corretear bajo la lluvia con sus hermanos alrededor de esta casa que antes era de sus abuelos. Hoy la humedad y el frío se cuelan en sus huesos reumáticos a pesar de las gruesas medias que calza hasta los muslos y sin que le haya caído una sola gota de agua encima. Es desconcertante cómo hay cosas que cambian constantemente y otras que no. Fue en una mañana así, recuerda, que por primera vez Silvina inició su viaje en el enrevesado mundo del enamoramiento, pero no estaba en casa, ni siquiera en el pueblo, estaba en la ciudad, rodeada de cemento, vidrio, metal y asfalto, dentro del aula de clases de su colegio, y solo tenía 15 años. Su contraparte fue Julio Salvado. Estaba ahí, en la monótona clase de álgebra, sentada en la segunda fila, cuando recibió una bola de papel que pasó por encima de su hombro y cayó encima de su cuaderno de rayas anchas lleno de números y letras. La sostuvo con sus delicados dedos y la rudimentaria esfera decía «Ábreme». «Están dando *Matrix* en el cine, ¿quieres ir?». Firmado: Julio. Silvina voltea mientras el profesor se inspira escribiendo ecuaciones y con un gesto le indica que sí a Julio. Él era guapísimo e inteligente, se sentaba atrás porque era *cool*, jugaba en varias posiciones en el campo del fútbol y todas las chicas de la escuela estaban muertas por él. Y, al parecer, él también por ellas. Silvina recuerda ese primer beso en el cine con emoción —él besaba bien— y que no prestó atención a la película que se convertiría en un clásico de ciencia ficción. La pasión inocente de su relación se marchitó, como era de esperar, por las incesantes relaciones de Julio con otras chicas. Por primera vez, Silvina sintió lo que parecía que era un corazón roto.

A su segundo novio también lo recuerda muy bien, se llamaba Esteban Aracosta. Extranjero. Su familia se había mudado a la ciudad porque el papá trabajaba como misionero. Era ministro evangélico. Siendo Silvina católica practicante y estudiosa de la fe cristiana, le encantaba tener debates con el padre de Esteban. Ese amor puro e inocente llegó a su fin cuando el padre de Esteban fue enviado a Perú. Silvina y Esteban, con los avances tecnológicos de la época, siguieron en contacto por dos meses más, hasta que la distancia y las distracciones típicas de la adolescencia les hicieron comprender que era mejor continuar como amigos recordando siempre los hermosos días que habían compartido juntos.

El tiempo pasó, Silvina ingresó a la universidad y ahí conoció a Luis González. Luis metía una materia por semestre supuestamente porque sus negocios le exigían muchas horas al día. Nunca supo a ciencia cierta cuáles eran sus negocios, pues él siempre daba respuestas vagas y solo se le entendían palabras como inversiones, ventas, apuestas, negocio redondo. Eso sí, él la trataba como una reina, y no era para menos, pues Silvina siempre tenía que pagar las salidas, ya que el pobre de Luis González debía usar el poco dinerito que le quedaba para hacer prosperar sus negocios y así, en el futuro, Silvina no tendría que preocuparse de absolutamente nada. Nadie nunca entendió por qué una muchacha como Silvina se fijó en un tipo de semejante calaña, y todos se regocijaron cuando ella dejó a Luis González.

El cuarto novio fue Raúl Miró. Lo conoció en un congreso. Tenía seis años más que ella, era brillante, había hecho varias investigaciones en sociología y pronto iba a publicar un libro. Decían, pero nunca se confirmó, que era pariente lejano de Ricardo Miró, famoso poeta panameño. Toda la familia de Silvina lo adoraba y albergaban la esperanza de que fuera el futuro esposo. Raúl Miró era casi perfecto, casi. Sus aires de superioridad eran imposibles de ignorar. Silvina, que no se lleva bien con la arrogancia de otros, terminó por despacharlo alegando que necesitaba tiempo y que su «enorme ego» era un obstáculo para la tranquilidad de ella. No fue fácil de deshacerse de Raúl Miró, quien, más que querer estar con ella, no podía aceptar que alguien lo hubiera dejado. Al final, tras un par de escenas de frustración y lamentos baratos, Raúl Miró aceptó alejarse de Silvina para siempre, por supuesto, no sin antes asegurarle que estaba perdiendo «lo mejor que le había pasado en la vida». Silvina no derramó ni una lágrima por él.

En su tercer año en la universidad, el amor volvió a tocar la puerta de Silvina, esta vez bajo el nombre de Carlos Anguizola, ferviente creyente de minimizar la huella de la contaminación del ser humano en el planeta Tierra. Vegano, dedicado al yoga y reciclador compulsivo. Su religión era la naturaleza y, su lema, «La Tierra primero». Sí, tenía un lema. Silvina admiraba su dedicación e intentó seguir sus pasos, pero no pudo renunciar al cuero de sus zapatos ni a los productos lácteos ni a utilizar una ducha amplia. Para Carlos Anguizola esto no podía ser, así que la dejó. Sí, a Silvina la dejaron. Silvina lloró, pero no de corazón roto, sino de orgullo roto. Es que ya ella le había puesto fecha de caducidad a la relación, pero él se adelantó. Se dijo a sí misma que la próxima vez no le iban a ganar.

Después, en una fiesta de una amiga, conoció a Jorge Santamaría. No era increíblemente guapo, pero sí muy carismático, y bailaba muy bien. Con él fue a infinidad de fiestas, discotecas y bailes. Y, a pesar de la diversión, Silvina se cansó, como era previsible, de tener que sacarlo a cada rato demasiado alegre de donde sea que estuvieran. Fue fácil deshacerse de este novio, pues, por su naturaleza, se encontraría rápidamente con alguien igual a él. Pero el siguiente sí que fue problemático.

Julio Villa era su nombre. Inteligente, con buen salario y encantador. Al principio, un amor de persona, atento y muy considerado, después quería controlar los movimientos de Silvina, se molestaba cuando ella salía con alguna de sus amigas, e inclusive cuando lo hacía con su familia. La ruptura fue horrible. La seguía a todas partes y le armó varios escándalos. Silvina se vio en la necesidad de ponerle una boleta de restricción, la cual no sirvió de mucho. La vida regresó a la normalidad cuando Silvina, a través de un amigo de un amigo de un amigo de un amigo, contactó con alguien para que le diera una paliza, moderada por supuesto, y a un precio razonable.

Luego de esta desagradable experiencia, muchos meses después llegó Octavio Gutiérrez. Él se desvivía por ella, se convertía en el piso por el que ella pasaba y la complacía en todo. Demasiado dócil. Le dolió dejarlo, por él. El pobre lloró como una magdalena, pero obedientemente no se atrevió a intentar llamarla de vuelta o aparecerse por ningún lado a llorarle que regresaran. Ella se lo había ordenado.

Silvina sonríe meciéndose suavemente mientras recuerda cómo había escogido a cada pareja sabiendo previamente cómo iba a terminar. Había calculado casi a la perfección el tiempo que duraría cada relación y las razones claras por las cuales iban a romper. Para ella, todo es matemáticas y las matemáticas no mienten.

Después de estas añoranzas, Silvina se pregunta si su nieta ya tendrá algún enamorado o enamorada. Solo tiene doce años, pero ahora las cosas son tan aceleradas y ella está tan bonita que puede ocurrir cualquier cosa. Silvina piensa que sí, porque vio un mensaje encantador en el nuevo prototipo de celular que la compañía le entregó a su nieta, y esta anda hoy de un humor particularmente especial. Su hija es una mojigata simplona a la que intentó educar sin resultado alguno, pero su nieta no.

—Abuela —se asoma su nieta por la puerta con su largo cabello suelto—, ¿quiere un té?

—Sí, mi niña, antes de que se me congelen las rodillas.

Mientras la escucha alejarse dando brinquitos, Silvina está segura de que hoy es un buen día para contarle unas historias.

EL TRABAJO

Aurora ya está sintiendo la silla incómoda a pesar del esponjoso almohadón rosado sobre el que está sentada. «Este archivo sí que es largo», se lamenta, debió de haber pactado un arreglo más oneroso. Resignada, se levanta y va a la cocina a terminar de preparar su desayuno. El resultado: media taza de piña y la clara de un huevo revuelto con vegetales. Inicia con la fruta. Luego de ingerir su comedido desayuno, continúa su lectura, memorizando cada detalle presentado: los números de cuentas bancarias, los nombres de cada perro que tienen las hijas, horario de trabajo, almuerzos de negocios, actividades escolares, reuniones con reconocidos criminales, actividades recreativas, los números que le gusta jugar en la lotería y los de la casa grande, los eventos de la iglesia y las actividades del amante, entre muchos otros. Definitivamente, este sujeto hace magia con el tiempo.

Al terminar, ya sabe exactamente cómo ingresar y cumplir el objetivo. Procede a destruir la evidencia. Luego de fregar y dejar la cocina reluciente, revisa su calendario: el momento perfecto es el próximo jueves a las 11:00 p. m. Ella se va a encontrar con el amante, así que habrá menos escoltas, y la casa de él tiene dos accesos imposibles de vigilar. Con rapidez, diseña en su mente el plan a ejecutar. Durante los siguientes días, lo revisa una y otra vez, obsesivamente, hasta corregir (limpiar) cada posible falla.

El día llega. Vestida de gris oscuro, asciende hacia la ventana de la habitación vacía en el segundo piso. Los músculos apenas sienten el esfuerzo. La recibe un vigilante tendido en una cama sencilla, perdido en autosatisfacerse con el acostumbrado sonido frenético de dos personas copulando salvajemente en la habitación contigua. Uno menos. Antes de salir, se asegura de que no hay nadie en el pasillo y abre ligeramente la puerta. Sigilosa, sale y cierra la puerta detrás de ella. Corrobora que el de seguridad del piso de abajo continúa en su posición y se ubica en la entrada de la otra habitación. Las voces y los gemidos se intensifican. Su corazón tamborilea emocionado. Nadie escucha la tabla que cruje debajo de sus pies ni la puerta a la que le falta aceite en la bisagra. Ignora el espectáculo carnal frente a ella y se arrastra debajo de la cama. Permanece quieta mientras la música de fondo vuelve a ser estridente y la amorosa pareja recupera sus fuerzas. Ahora solo escucha su corazón palpitando en las sienes. Con un rápido movimiento, sale y dispara a ambos con un potente sedante. Guarda esa pistola y arregla la escena. De uno de los bolsillos, saca una jeringa llena y se la inyecta a ella, quien, instantes después, despierta amarrada a una silla con los ojos y la boca tapados. La mujer se contorsiona, dentro de sus imitaciones, para intentar liberarse, sin éxito. Aurora presiona un botón y los audífonos del MP3 emiten una grabación a la que la mujer no presta atención: una explicación detallada de por qué va a morir. Un trabajo investigativo condensado en tres minutos de las consecuencias directas del robo del presupuesto de diversos programas y obras del Estado que ella dirigió o en los que participó. Al final, la grabación solicita unas palabras de despedida. Aurora le entrega una pluma y le quita la venda de los ojos. Al acostumbrarse nuevamente a la luz, la mujer puede ver la pistola con el silenciador apuntando a su cabeza. Comienza a sollozar con furia, tira la pluma al piso y se jamaquea, intentando nuevamente soltarse, sin siquiera lograr que la silla se mueva un poco. Sus ojos, que destilan odio, se clavan en Aurora. La grabación se activa nuevamente:

—Por favor, escribe algo para tus hijas. Tienes un minuto y treinta segundos.

El arma de fuego sigue frente a la mujer, imperturbable. Con el rostro compungido y húmedo, ella gimotea fúrica, intentando en vano mover los brazos. La grabación se activa por tercera vez: quedan treinta segundos. Su mirada ruega clemencia. Un grito, ahogado por la mordaza y la melodía de «felices los cuatro», sale de su garganta. Se agita con todas sus fuerzas para liberarse. Todo en vano, el cañón mantiene su posición. Se activa la grabación por cuarta vez: quedan 15 segundos. Se queda inmóvil. Los ojos llorosos, confusos, imploran clemencia, indulgencia, compasión. Agita su mano derecha. Aurora se agacha, recoge la pluma, se la coloca en la mano y le sostiene un bloc. El metal ahora presiona la frente. «Ámbar y Patricia, mamá las quiere mucho», es todo lo que puede garabatear cuando Aurora le quita el bloc y finalmente la bala atraviesa su cabeza para quedar incrustada en la pared posterior junto con partes de lo que ella fue.

Aurora coloca la nota con cuidado encima de ella, recoge todo y sale por donde entró.

Al día siguiente, los periódicos, en primera plana, publican la historia. Es el quinto asesinato de alto perfil en los últimos dos años, «política ilustre, dedicada a servir al país, una tragedia para el pueblo», indica la nota de prensa.

A miles de kilómetros, Carlos ingresa en la red un virus que, en importantes sitios webs del país, reproduce de manera sistemática las actividades de malversación de fondos en los que participó o dirigió la exfuncionaria del Gobierno.

JULIA

Julia se levantó esa mañana con un propósito, algo que no tenía desde hacía semanas. Lo primero que hizo fue ir a la refrigeradora y botar toda la comida dañada, que se había convertido en hogar de múltiples seres ya no tan microscópicos. Una vez completada esa tarea, barrió el apartamento, después trapeó y sacó la mugre acumulada por meses. Sacudió los muebles y superficies, limpió las ventanas y volvió a barrer y trapear. El baño, centro de cultivo de hongos y bacterias, quedó casi estéril con esfuerzo y la ayuda de sus fieles detergentes. Colocó su ropa en dos maletas grandes de la época en que viajaba y las ubicó entre las sillas del pequeño juego de comedor. Botó los incontables productos de belleza que había acumulado con los años, junto con su ropa interior y la joyería de fantasía barata y desteñida. Las pocas prendas de plata y las dos de oro que había heredado de su mamá hace muchos años las colocó en un sobre en la mesa del comedor, debidamente identificado, al lado de la nota que había escrito días atrás. Sacó la basura. Después se duchó de pies a cabeza y se restregó con ahínco la piel pegada a sus huesos. Al salir del baño, se vistió con la ropa seleccionada, desdobló el grueso plástico transparente que había recibido el día anterior y lo colocó en el piso de la sala luego de haber reubicado la mesita de centro.

Buscó las pastillas, ella sabía exactamente cuántas tomar, fregó el vaso rápido y se acostó sobre el plástico a dormir el sueño eterno.

EL AVE

La ventana estaba ligeramente abierta para disfrutar el clima de una fresca mañana de verano. Su espalda ya estaba sintiendo el rigor de las horas que llevaba sentada escribiendo, pero había una fecha que cumplir. La canción celestial de los pájaros la estaba sosteniendo para continuar con su misión. La escritora se exalta al escuchar un estruendoso piar en la ventana de la habitación. Voltea y un loro enteramente verde y con el pico enorme está parado en la verja de la ventana. Vuelve a piar justo cuando da unos pasos y se adentra en la habitación. Entre pasos y saltitos, va explorando los edredones arremolinados encima de la cama esparciendo algodón con su gran pico e inmensas garras. La escritora observa anonadada el evento y se mueve con cautela hacia la salida; sin embargo, el ave advierte el movimiento, voltea su cabeza y la mira, la mira con esos ojos negros demandantes, y se caga en el edredón. Ella abre los ojos como platos y el color tomate invade su cuerpo, sin embargo, no puede moverse, el ave mantiene sus ojos sobre ella mientras caga y caga el edredón, la almohada, la cama entera. Extiende sus alas salvajes y, con un salto, vuela dentro de la pequeña habitación, cagando todo a su paso. Decenas de cagadas caen en todas partes, inclusive sobre ella, que comienza a llorar desconsoladamente porque la puerta está trancada y se ahoga en mierda de loro.

Se escucha un llanto, no solo el de ella. «Mi hija, mi hija se despertó». Abre los ojos, retira el edredón y camina rápidamente hacia la habitación de su bebé de siete meses, que detiene su llanto al verla entrar.

—Consentida —le dice—, ven acá, mi amor, mami ya está aquí. —La toma en sus brazos y la acurruca contra su pecho—. Mejor que despertaste a mami, estaba teniendo una pesadilla con un loro malo.

Con su seno siendo devorado por su bebé va a revisar las ventanas del apartamento. Su bebé la mira, pendiente de cada movimiento con sus grandes ojos negros.

—Eres una vidajena tú —le dice—, me recuerdas a tu abuela —se ríe.

La madre regresa al cuarto de su bebé y se sienta a arrullarla en la mecedora, y escucha un audiolibro de *La divina comedia* con sus audífonos mientras su ipod reproduce suavemente música para niños. Un dolor súbito en su seno la saca de concentración, mira a su hija y observa sus ojos negros vacíos cuando siente otro picotazo que la hace sangrar mientras el plumaje verde se arremolina en sus brazos sin querer soltarla.

Gabriela grita, fuera de sí, y se sienta en la cama. La maldita ave, en la jaula al otro extremo de la habitación, se queja del sol avasallante que entra por la ventana y calienta su plumaje.

—Ya voy, Rosita. —Gabriela se revisa los senos y se levanta rápidamente a mover a Rosita fuera de la habitación, a la cocina, donde no da el sol—. Después te doy la comida.

Regresa a la habitación y cierra la puerta. Necesita descansar. «¡Cuándo será sábado para que Eustaquio se lleve a su lora!», piensa, resignada.

LA PAREJA

—¿Te acuerdas de cuando cogíamos como conejos? —pregunta ella después de expeler humo por la nariz.

—Claro —respondió él, mientras la observa sentada cerca de la ventana—. Te has vuelto experta—le indica, refiriéndose al cigarrillo.

—Sí. Soy el vivo ejemplo de que la práctica hace al maestro —le asegura, después de dar otra calada—. Qué tiempos aquellos.

Él no contestó, no quería.

—Nos debemos divorciar —continúa ella.

—El divorcio es una palabra que no existe para nosotros —protesta él, e intenta concentrarse en su libro.

—¡Por favor! —se burla ella.

—Yo estoy bien, además, es normal...

—Y una mierda —objeta, sin dejarlo terminar—. Te fascinaba, no puedes estar bien, te conozco y sé que no es así —expresa, gélida.

—Todos los matrimonios atraviesan momentos difíciles —razona él, sentándose erguido.

—Alguien debe ser valiente y tomar la decisión. Por lo visto, tengo que ser yo —señala, hastiada.

—Todo va a mejorar —alega, irritado.

—¡Me emputa que digas eso! Ya te he dicho que no voy a mejorar. No tengo nada adentro, estoy muerta, no siento nada, ya no tengo alma.

—No hables así, estás blasfemando.

—¡Qué me importa a mí blasfemar! ¿Crees, en serio, después de todo lo que ha pasado, que yo creo en Dios? Si es que existe, no le importamos. Me cortaría las venas ahorita mismo si tuviera el valor.

—¿Cómo esperas que te deje sola, así como estás? —interpela él.

—Tú puedes buscarte una jovencita que quiera chuparte la noche entera y procrear los hijos que quieras.

—Las cosas no solo te pasaron a ti y, en vez de estar peleando, podríamos apoyarnos el uno al otro.

—Pues qué rápido te recuperas —le espeta al hundir la colilla del cigarrillo contra el cenicero.

—¿Así que eso es lo que crees? ¿Qué sabes tú de mis sentimientos? —le pregunta, airado.

—Tienes razón, y lo peor es que no me interesa —él la mira estupefacto, nunca la había escuchado así—. Debes aceptar la realidad de una puta vez, esto murió hace tres años, y te aviso que el divorcio va, aunque no quieras.

—¡A veces te odio tanto! —huye fuera de la habitación.

—Bienvenido al club —afirma ella, antes de encender otro cigarrillo.

AGUAS

«Cuántas babosadas dice la gente en Twitter», piensa. Deja el celular a un lado para continuar su lectura. Nunca ha sido una ávida lectora, pero, en vista de las circunstancias, debe estar preparada con toda la información de la que pueda disponer. El sudor se acumula en cada pliegue de su cuerpo, que ahora son más y muy pronunciados; la mantiene incómoda. Cambia nuevamente de posición, tratando de disminuir la presión en la pelvis y, sin querer, el libro se desliza y cae al piso. Se asoma a mirarlo, inalcanzable, solitario, estúpido. «Deberías tener brazos y pies y regresar a mí», le reclama. Suficiente lectura por el momento. Decide ir a bañarse de nuevo. Después del tercer intento, se levanta de la cama. Camina lento, balanceando su peso con cada paso. Se quita la bata y observa en el espejo las líneas rojas que recorren la parte baja de su enorme vientre. Para ella, es una fascinación morbosa. Se coloca de lado y se divierte al ver cómo sus nalgas están compitiendo con su abdomen. De repente, siente una presión en las costillas y la piel de su vientre ondula. «Ya falta poco, hija mía, solo no me mates antes». Recorre con su mano toda la extensión de piel y le canta una canción de cuna, hoy ha estado muy activa. Se deja caer en el asiento del inodoro y, por enésima vez, alivia la vejiga. Se limpia a ciegas y da gracias por el organizador que instalaron el año pasado con la estabilidad y altura perfectas para apoyarse mientras se levanta. Entra al baño con cuidado y acciona la regadera. El agua le resbala desde la cabeza y recorre su piel tensa y suave, extinguiendo el incómodo calor. «¿Será que llevo una bomba nuclear en el vientre?», se pregunta y sonríe por su propia ocurrencia. Después de muchos minutos debajo del chorro de agua, sale de la ducha y, mientras se seca encima de la alfombra, una sustancia escapa de sus entrañas. «¡Por qué no fue en la ducha!», protesta.

—¡Mamá! —llama a todo pulmón.

ARNULFO

Lo de Arnulfo es una tragedia, muere al borde de la plenitud. El cuerpo empapado en su propia sangre, desvalijado en la intemperie del amanecer. La pelea fue efímera, ni siquiera llegó a ver el brillo del metal invadiendo sus entrañas. El otro emergió de las sombras, grisáceo, infame. Arnulfo iba caminando alegre a su trabajo en la penumbra antes del alba. Había salido de casa hoy más temprano para entrar antes y ausentarse al mediodía, de acuerdo a lo pactado con su jefe. Se despertó ilusionado con su premio. La noche pasó rápido entre sueños luminosos. Se acostó esperanzado en todo lo que ahora lograría. No se pudo concentrar durante la tarde anterior, apenas había podido contener su felicidad, aunque no tenía a nadie con quien compartirla. Al ganarse el primer premio de la lotería, experimentó sosiego en su corazón, ya podría comprar una casa más cerca del centro, a la que siempre llegara el agua, donde no habría que compartir el baño con desconocidos, y podría cocinar las recetas de su fallecida tata.

MOSCAS

Estaba mirando la computadora, con la mente en blanco, y ella me estaba mirando a mí. Las gotas de sudor se me deslizan por todos lados. El abanico está a su máxima velocidad y, la ventana, abierta de par en par. Las hojas de los árboles solo se mueven por el constante golpeteo de la llovizna.

La gráfica está embotada en la neblina de mi mente. Los números bailan al compás de olas aletargadas bajo el asfixiante resplandor del mediodía. Siento el cerebro dilatado por el calor. Le pido a Excel que me sugiera una gráfica, pero creo que él también está fundido.

La llovizna se detiene y sale nuevamente el sol abrasador. Se completó un ciclo, es el tercero hoy.

El documento sigue sin tener sentido, así que paso a otra actividad: dar altas de usuario. Hay diez. Es increíble lo que se acumula cuando uno trabaja a medio tiempo.

Escucho un zumbido en mi oído izquierdo y la veo revolotear encima de mi cabeza, es la tercera hoy, debe caer rápido. Me levanto y me aseguro de que las puertas de la habitación y de la cocina estén cerradas. Saco mi arma y la acecho, sigilosa, hasta que se sitúe en alguna superficie firme. Para mortificarme, rebota en mi cara y, de la impresión, casi tumbo el jarrón decorativo, horrible, por cierto, que me hizo conservar la arrendadora.

—Es de un diseñador famoso —dijo—, es un valor agregado del apartamento —dijo—, cuesta un carajal de dinero —dijo—, si lo quiebras te lo cobro —dijo.

«Pues es horrible», sin embargo, no le contesté. Por el precio, el jarrón no debía ser problema.

«¿Dónde estás?», pregunto para mis adentros. Por el rabillo del ojo, me percato de que está encima del teclado, inmóvil. Me acerco silenciosa y, ágil, estrello el matamoscas sobre el teclado, lo levanto y nuevamente zumba cerca de mi cabeza para luego posarse sobre la cortina. «La maldita no quiere salir», pienso, «pues, si quiere muerte, le doy muerte». ¡Zas! Nada. La escucho de nuevo hacia el fondo de la sala y camino hacia allá, cautelosa. Está encima de una de las sillas del comedor. Me acerco casi sin respirar. La gota de sudor que pendía en mi nariz cae el piso al momento que golpeo el respaldar de la silla, sin éxito.

La evasiva surca los aires alrededor mío y, grosera, se coloca sobre el sillón blanco. Rápidamente golpeo, no obstante, elude el ataque. Ahora está en la pared opuesta, esperando a que me acerque. Se queda quieta y vuelvo a blandir mi arma sin efecto alguno. Está zumbando a mi alrededor, así que agito el matamoscas para intentar cazarla en el aire y tengo que cambiarlo de mano porque se me resbala del sudor. La mosca se mueve veloz por todos lados, se acerca y se aleja de mí en un baile descoordinado, hasta ubicarse en el techo, inalcanzable. Después, sobrevuela alto por la estancia y la sigo, encima del sillón, de las sillas del comedor, inclusive me arrodillo en la mesa del comedor, pero me esquiva. Bajo detrás de ella y, dando saltos por todos lados, golpeo el jarrón de diseñador y este cae al piso. Observo los miles de trozos que antes constituían un jarrón de diseñador y la mosca besa mi nariz, y seguido sale volando por la ventana.

Cierro la ventana y me recuesto en el sillón, empapada en sudor. Escucho un zumbido cerca y otra atrevida se posa en mi mejilla. Veloz, me golpeo la cara. Esta sí la maté a la primera, lo sé porque siento sus restos húmedos decorando mi rostro.

EL PASO DE CEBRA

Se levantó tarde y hoy tenía que llegar a tiempo al trabajo. Subió las escaleras del metro y salió rápidamente de la estación. Se detiene en el borde de la avenida, alerta, en la línea de seguridad, mientras la fila interminable de carros circula incesante sin ningún buen samaritano que ceda el paso. Como experta en caminatas, Lucía inicia su marcha al abrirse un espacio por un vehículo rezagado, coordinando eficazmente el movimiento de sus extremidades.

Un gato negro, sentado en la acera contraria, atrapa la atención de Lucía, que continúa avanzando por el paso de cebra. El felino la observa con sus ojos amarillos justo antes de entrar en un desagüe que hay en el borde de la acera. En ese instante, Lucía pierde la coordinación y, con el impulso, cae estrepitosa en medio de la calle, su cartera por un lado y la lonchera por otro. Inmediatamente, ella recuerda que había visto un carro que se aproximaba, ¿habrá frenado?

Unas cuantas personas se detienen para observar el suceso, sin embargo, no hay nadie cerca que la ayude a levantarse, así que lo hace sola, con todos sus enseres, lo más rápido que puede, para alejarse de los vehículos. Al llegar a la acera contraria, una señora le pregunta si está bien.

—Sí, gracias —contestó Lucía, que quería salir rápido de la situación embarazosa.

El carro que hizo el alto ahora avanza y quién sabe si el conductor y el resto de los ocupantes van riéndose a carcajadas del espectáculo que acaban de presenciar. Resignada, con dolor en el muslo, en el codo izquierdo y en la rodilla izquierda, cruza la calle en la siguiente esquina, esta vez sin incidentes, y llega a la recepción de su trabajo. El de seguridad le da los buenos días, como siempre, y se adentra en el ascensor al final del pasillo. Por suerte, llevaba pantalón largo, reflexiona, o hubiera quedado toda raspada.

Las horas transcurren entre reuniones, correos, llamadas e informes. A la salida, luego de un día agotador, el muslo todavía le duele. Se le va a formar un moretón, reconoce. Se dirige a la estación del metro por la ruta acostumbrada, esta vez examinando bien el suelo. Todavía no entiende cómo se cayó y piensa que el desconcertante gato negro también se habrá reído de ella.

Al llegar a su apartamento, un frío la invade. Hoy llovió durante la tarde entera, «¿Habré dejado una ventana abierta?», se cuestiona. Revisa el apartamento y encuentra todo cerrado. Cansada por el largo día, decide recostarse un rato. Despierta más tarde y ya está oscuro. Hace más frío, inusual en el sofocante clima tropical de la ciudad. Busca la única sudadera que tiene y se la pone. Se hace algo de comer y se sienta a ver la tele. Sigue con mucho frío y la televisión no la entretiene. Una congoja la invade y se coloca como un ovillo en el sillón llorando. ¿Qué le ocurre? ¿Por qué se siente tan angustiada? La molestia en el muslo se vuelve incómoda y se sienta nuevamente. La televisión anuncia que va a iniciar una película, pero el alma le duele y un pesar inunda su conciencia hasta que se derrama a lo largo y ancho de su ser convirtiéndose en absoluta oscuridad.

La ambulancia llegó rápido. La sangre copiosa manchaba el asfalto de la avenida mientras los paramédicos intentaban detener la hemorragia, sin embargo, ya no había nada que hacer. En la acera se escuchaba un bullicio, la gente opinaba sobre el mortal suceso. «Es que se cayó y el auto no la vio», dijo uno; «Es que esos autos andan como locos», añadió otra; «Es que aquí se necesita un guardia, porque por aquí pasan muchas personas», protestó alguien cerca de un policía. Horas después, llegó la lechuza a cumplir su macabra función.

Dentro del cajón metálico yacía su cuerpo inerte, rodeado por otros infortunados vecinos que la acompañaban en la fría sala mientras su desdichado padre realizaba el trámite para darle cristiana sepultura.

REGRESO A CASA

Cuanto le pertenecía, lo llevaba encima, y él todavía no se reconocía a sí mismo. Cinco años interminables de supervivencia habían pasado desde la última vez que había visto a su madre y a su abuela en vivo. No se acordaba del nombre de ninguno de sus amiguitos, y él conocía el suyo solo porque su mentor lo llamaba así en las reuniones que sostenían cada seis meses. En realidad, no sabía qué sentir, quería olvidarse de todo, pero ¿de qué?, ¿de su infancia o de los últimos cinco años? Solo le consolaba la idea de que otros no habían sobrevivido a su expedición, a pesar de haber ido a planetas de la misma galaxia. Nadie decide adónde lo envían, y a él le había tocado el planeta más lejano: un lugar inhóspito, salvaje, marginal, donde la especie dominante mataba a sus propios miembros. «Sueno como estos salvajes», se lamentó. Aunque su hermoso idioma natal no lo había olvidado gracias a los ejercicios que practicaba, su léxico había disminuido y su modulación y cadencia eran diferentes, lo notaba cuando conversaba con su mentor. Sin embargo, lo peor era lo que estaba por venir: tener que revivir la experiencia una y otra vez, independientemente del grupo en que lo asignaran, pues era imperativo compartir su conocimiento.

El localizador vibró dentro de su pecho. «Llegó la nave», pensó, exaltado. Salió del refugio en el que ya no podía estar de pie, bordeó la cascada por la que varias veces había estado a punto de saltar para chocarse con el llano fondo de piedra, cruzó a través de las piedras en las que una vez se escondió huyendo de una criatura que corría a cuatro patas y se lo quería comer, y después un claro en donde vio la nave sobrevolando por encima de la altura de los árboles. Sería irónico que justo en ese momento apareciera un narcotraficante detrás de un árbol y finalmente le atravesara la cabeza con una bala, como quisieron hacerlo un par de veces. Se detuvo en medio del claro, un calor lo envolvió e inmediatamente apareció dentro del área de descontaminación. Rápido, salió del planeta y se encontraba ya camino a casa, en su antiguo cuerpo, cuando detectaron que las ondas del órgano que comandaba sus funciones y razonamiento estaban viciadas. Tendrían que retirarlo del programa, su expedición era un fracaso. Efrax apenas podía contener su dicha.

EL REGALO

«Estoy tan marchita que ya no recuerdo ni a qué jugaba de niña», pensó Diana de pie frente a la estufa, ataviada con un vestido rojo a la rodilla que se entallaba a las sensuales curvas de una mujer con cinco hijos; sus sandalias doradas; los labios color rojo sangre, igual que las uñas, y el cabello en un recogido que dejaba escapar algunos rizos sobre su hombro derecho. Un vacío se asomaba, lo podía ver por el rabillo del ojo izquierdo, acechando.

Sus hijos estaban poniendo la mesa; su hombre, sentado ya, esperando la cena, y ella, de pie en la cocina, los percibía a todos como extraños parásitos que succionaban su vitalidad. ¿Qué hacer ante tan deprimente escenario? Fingir. Lo que siempre había hecho. Fingir que le importaba el terrible día en el trabajo, lo que aprendió en la escuela, en la clase de piano, el raspón en la pierna, que la habían llamado fea o el juguete perdido. Siempre sentía la falsedad de sus emociones ante tales banalidades y ellos, individuos sin sesos, no se daban cuenta.

El aire espeso le impedía respirar tranquila, el fogaje del horno irradiaba un hedor pestilente. El pavo recién horneado se veía jugoso; sin embargo, ella no se atrevió a cortarlo, le daba miedo que brotaran gusanos de su centro. Asqueada, caminó con la bandeja y la posicionó en el centro de la mesa de ocho comensales. Las papas asadas, los vegetales salteados, la ensalada, el plátano en tentación y el bizcocho de guineo ocupaban el resto. Se sentó en el otro extremo, turbada. Aunque todo parecía sacado de la basura, el resto de la familia profería miradas golosas al festín, extasiados ante el espantoso banquete.

—Diana —la llamó su marido—, ¿estás bien?

Ella salió de sus pensamientos y su cara se transformó en una sonrisa, su mano izquierda levantó la copa e hizo el brindis correspondiente. Doce años llevaba en esto. Doce años horneando el mismo pavo con los mismos acompañantes, pues a él siempre le gustaba así en su cumpleaños, y los retoños estaban a la expectativa de probar las tradicionales delicias. Nueve meses pasaron en su vientre y salieron iguales a su pareja, subordinados de poca imaginación, pensó con repugnancia, mirándolos mientras hablaba de lo bendecida que era por haberlos tenido, y todos ellos, con ilusión y amor, la miraban embelesados mientras escuchaban las hermosas palabras que este año pronunciaba, que siempre eran originales. Cuando ella terminó de hablar, los seis aplaudieron, venerando tan sublime discurso, el cual estaba impreso y enmarcado como regalo de cumpleaños para su querido compañero, junto a un par de tiquetes para un crucero por el Caribe. Su cónyuge le lanzó un beso que ella atrapó y colocó en su pecho, y después tiró al piso cuando nadie la observaba.

Finalmente, le llegó el turno a su esposo —amado acompañante de penurias y dichas, lastre inverosímil de aburrimientos y monotonía, rastrero ignorante de placeres y emociones— de hacer el primer corte. Fue excepcional, la podredumbre se derramaba sobre la bandeja.

La rancia cena fue consumida con afán, hasta que no quedó nada. Diana creía que de las mejores comidas no debía sobrar. Comenzaron a flotar en el infausto comedor quejidos nauseabundos. Cada uno de los comensales cayó mustio sobre la mesa, la silla o el piso de madera. Todos, excepto Diana, quien no había probado bocado. Por fin respiraba libertad.

Luego de asearse y cambiarse de ropa, salió de la casa vigorizada hacia su nueva vida.

LA MISIÓN

Mariana se despierta sollozando de una terrible pesadilla: su hermano se había perdido. El sueño ha sido aterrador y, como él es su único familiar vivo, se siente devastada. Las lágrimas le impiden enfocar bien, por lo que chilla.

—¡Marcos!

No hay respuesta. Consigue tranquilizarse y observa la cama vacía al otro lado de la pequeña habitación de hotel. «¿Estará en el baño?».

—¡Marcos! —lo llama nuevamente.

Silencio. «No me dijo que se iba a quedar donde el amigo». Agarra el celular de él y, aunque tiene una contraseña que ella no conoce, logra activar la llamada de emergencia. Marca el número de teléfono de su celular con la SIM local que él se llevó. Mariana reconoce su propia voz en la contestadora. «Capaz que se quedó sin batería». No se sabe el teléfono del amigo, así que solo queda esperar. Se acuerda de que a las 10 tienen un *tour* contratado con el que él estaba entusiasmado; seguramente aparece directo allá. Se levanta de la cama y se sacude las preocupaciones infundadas. Luego de bañarse y vestirse, sale de la habitación y un ligero hedor plástico la lleva a hacer una mueca de aversión. Se dirige al restaurante con la bolsa de playa que ha preparado para ambos, rogando que no huela así. Al llegar al lugar, el miasma es igual de intenso, y no hay nadie, ni empleados ni huéspedes ni mesas preparadas, ni comida. El silencio es absoluto. Va a la recepción, el mismo resultado. Regresa al restaurante y un muchacho sale de la puerta de la cocina con los brazos llenos de enseres. Se detiene y la mira casi temblando.

—¿Dónde están todos? —pregunta Mariana.

—Huya, ¡huya! —le responde, y sale corriendo por otra puerta.

Mariana se queda inmóvil, su mente trata de procesar lo que acaba de escuchar. Un recuerdo la acciona: «Marcos». Sale a la calle desierta y el silencio se expande. Comienza a dirigirse al único lugar donde podría comenzar a buscar, el puerto de donde debía salir la gira. Solo la acompañan el retumbar de su corazón y el sol que se eleva sobre ella. Mariana se arrepiente de no haberse quedado en un hotel más cercano al centro. Se siente demasiado sola, no hay pájaros, ni perros, nada. «¿Qué está pasando? Una guerra, un accidente, ¿qué?». Avanza un par de cuadras más cuando ve el primer cuerpo y un poco adelante ve un par más, en la calle, como basura dejada después de un desfile. No puede contenerse y, por segunda vez en la mañana, las lágrimas le nublan la vista.

—¡Oh, Dios! ¡Marcos! —exclama desesperada.

Su corazón se quiere salir y el aire se resiste a entrar a sus pulmones. Pero tiene que saber. Se acerca un poco y de inmediato sabe que no es él, ni tampoco los otros dos. Sigue avanzando hacia el puerto por la calle de la playa, revisando si algún cuerpo era el de Marcos. Como un espejismo, lo ve a la orilla del mar. Ella está segura de que es él. Comienza a correr con todas sus fuerzas. «Está vivo, gracias a Dios, está bien», piensa Mariana.

—¡Marcos! —grita.

Él se voltea, la mira unos segundos y nuevamente le da la espalda. Al aproximarse por la orilla, ella se percata de que está cargando unos implementos a un bote.

Mariana, ya muy cerca de él, vuelve a llamarlo.

—¡Marcos!

Él termina de cargar los implementos y gira sobre sí mismo para mirarla. Mariana, que ahora camina recuperando el aire, le pregunta:

—¿Estás bien? ¿Qué estás haciendo? ¿Qué está pasando?

Marcos continúa observándola sin pronunciar una palabra, inmóvil, irritado.

Como un rayo de luz que intenta despejar la bruma, un pensamiento surge en la mente de Mariana. Se detiene, da un paso atrás para vocalizar su duda, pero la pregunta perece porque la mano fuerte de Marcos la aferra por el cuello, la arrastra al agua y la hunde en contra de su voluntad. Ella pelea, pelea por su libertad, por salir a la superficie, que está tan cerca, hacia la luz, hacia el aire, pero todo se niega y cuando el agua entra a sus pulmones no hay vuelta atrás.

Xilox deja el cuerpo inerte de Mariana un poco lejos de la orilla luego de haberlo marcado. Tendrá que regresar por él más tarde. Sube a la pequeña lancha y se adentra en el vasto celeste. Al llegar al punto en el mapa, detiene el vehículo, se coloca los implementos y se zambulle en el agua hacia su objetivo, moviéndose con parsimonia y sin esfuerzo. El fondo marino, visible gracias a las cristalinas aguas del Caribe, desvela sus coloridos habitantes, que se apartan de Xilox mientras este avanza hacia las coordenadas que busca. Un parpadeo en el dispositivo que lleva en la muñeca le indica que ha llegado a la meta. «Al menos, el sistema de comunicación del transformador no se dañó», piensa Xilox. Con las manos, comienza a tantear la arena hasta que toca una superficie dura y, con un poco de esfuerzo, saca una caja y la coloca suavemente sobre la arena en la que se asienta. La inspecciona, para revisar su integridad, y observa una ligera abolladura en uno de los laterales. Conecta el escáner y comprueba que, aparte del mecanismo de apertura, el resto del sistema está intacto. Presiona un botón al lado derecho y la cara superior de la caja se desprende y se eleva unos centímetros. Inmediatamente, comienza a salir un líquido azul intenso que se dispersa poco a poco por el agua. Ahora se inicia la fase de transformación marina. Muy pronto, el planeta estará apto para que residan sus compatriotas.

Xilox regresa a la playa mientras observa el paisaje, el agua salada le salpica el rostro y siente cómo la piel de su nuevo cuerpo se broncea aún más. Satisfecho con el trabajo cumplido, reconoce que está ansioso de avanzar hacia su verdadera misión.

56

LA ÚLTIMA OPORTUNIDAD

—¿Recuerdas por qué estamos aquí? —le pregunta mientras se apoya en su torso, lo rodea con sus brazos y el mundo a su alrededor comienza a deshilarse en jirones inmateriales—. ¿Lo recuerdas? ¿Me escuchas? Siénteme —le implora al momento que lo atrae hacia ella con tesón—. Por favor —le ruega al rememorar la última vez que estuvo en sus brazos, aquella tarde cuando él se iba a cubrir ese nefasto cargo en la base lunar—, regresa, amor mío, te lo suplico, todo esto no pudo haber sido en vano —gimotea iracunda.

Él, de pie frente a ella, se mantiene inmóvil e inexpresivo.

—Reacciona, ¡maldita sea! —Ella acuna su rostro vacuo y le besa los labios inertes con toda la energía que podía dar; sin embargo, él comienza a rasgarse poco a poco—. ¡No! Por favor, ¡no! —gritó vehemente. Un dolor insondable la aprisiona al observar cómo la conciencia de él se deshace por completo.

Ella se despierta en la camilla sollozando, derrotada, disuelta. El doctor, de pie a su lado, pulsa la pantalla mientras la enfermera termina de desconectar la sonda del dispositivo de interfaz intercerebral implantado en el paciente y en su esposa. El médico se voltea y le dice:

—Hiciste lo que pudiste, pero, como te expliqué, a veces el paciente está muy deteriorado, como es el caso de tu esposo, y la intervención es ineficaz, la conciencia se pierde por completo durante el procedimiento y ocurre una muerte cerebral. Lo siento mucho. —Ella exhala un quejido por la aflicción de la pérdida, al mismo tiempo que el personal alrededor está afanado en sus tareas. El médico continúa— Miss Karen, avise a la UCI que la señora Ruiz ya va para allá. —Se vuelve hacia la paciente—. Ahora tienes que descansar y recuperarte —le dice, mirándola desde arriba—. Para hacerlo, tenemos que sedarte de nuevo, ¿entiendes?

Vicky asiente con la cabeza. Entretanto, sus lágrimas se derraman por las sienes, pensando desconsolada que todos tenían razón: él de verdad se había ido hacía mucho tiempo. Nunca la miró, nunca dijo nada. Él ya estaba muerto, ahora está segura de esa nefasta realidad.

La enfermera toma su mano con suavidad, la mira a los ojos y le susurra:

—Por lo menos, te pudiste despedir. Otros no pueden. —Vicky la mira suplicante—. ¿Quieres verlo por última vez? Te puedo acercar la camilla.

—No —balbucea ella.

—Está bien, cariño, le contesta la miss, y le estrecha la mano justo antes de soltarla.

—Procede, Braulio —indica el médico.

El anestesiólogo presiona un botón en el equipo, este emite una señal y Vicky se sumerge en la inconsciencia, inundada de lamentos. El camillero, que había llegado un par de minutos antes, y la enfermera la sacan de la tumba en la que se había convertido aquel salón de operaciones.

EL LEGADO

Acostumbrado a la penumbra del calabozo, el súbito resplandor del patio me impidió observar la expresión rabiosa de aquellos títeres mediocres. Cabizbajo, mientras mis escoltas empujaban los cuerpos coléricos, saboreaba el odio de la multitud. Los escalones crujieron con mi peso. Mis pulmones, por primera vez en meses, aspiraron frescor. No escuché nada más, solo sentí que me obligaban a arrodillarme y un filo metálico tocó dos veces mi nuca. Un zumbido y luego todo dio vueltas, inclusive el vasto azul. Traté de concentrarme en él, hasta que ya no vi más. Al poco tiempo pude ver mi cuerpo, separado por el cuello, todavía tendido, y cerca estaba mi extraña cabeza mirando hacia el rebaño excitado. Mi verdugo la agarró por el cabello y la sostuvo en el aire; la gente vociferaba «Asesino, asesino».

Desde ese momento soy verdaderamente libre, y ahora otros continúan mi obra.

COMPROMISO ROTO

—Buenas, ¿dónde está Alicia? —preguntó Víctor con voz trémula a una joven que hurgaba en una caja en la recepción del local.

—Tomándose las fotos —respondió Vivian, la organizadora, que acababa de acercarse—. Esto es lo que faltaba de la hora loca —le dijo a la joven al entregarle una bolsa—. ¿Usted quién es? —preguntó, coqueta, a Víctor.

—El primo de..., el primo del novio —contestó angustiado—. Tengo que decirle algo, es...

—¿Qué pasó? –indagó Vivian, preocupada.

—¿Dónde son las fotos? —preguntó, conteniéndose.

—Lo llevo —respondió Vivian—. ¿Ha ocurrido algo? —¡Chucha! ¡Que no sea que la va a dejar plantada! No quiero otra así este año.

Caminaron hasta el jardín. El fotógrafo captaba la dicha de Alicia, sentada encima de sus piernas con su hermoso vestido blanco extendido sobre el césped del jardín, especialmente arreglado para la ocasión.

—¡Alicia! —llamó él.

—¡Víctor! No tenían que venir acá, nos debíamos topar en la iglesia —respondió Alicia.

La expresión de Víctor era el sufrimiento personificado. Cayó arrodillado al lado de Alicia y le susurró algo al oído. Alicia se exaltó.

—¿Qué estás inventando? Deja de decir tonterías.

Se levantó con su largo vestido y Víctor la sostuvo, susurrándole de nuevo.

—¿Qué ocurre? —preguntó Fina, la mamá de la novia.

—¡Deja de estar diciendo eso, Víctor, para, no está bien, para! —le dijo, mientras él la abrazaba con más fuerza—. ¡Para, para, cállate! —comenzó a gritar.

—¿Qué ha pasado? —alzó la voz Fina—. ¿Qué es?

Ella se soltó y él se sentó en una banca cercana, llorando.

—Lo siento, lo siento mucho —repetía.

—¡Cállate! —lo regañó Alicia, retrocediendo.

—Pero ¿qué está pasando? —gritó la madre.

—Arturo está muerto —dijo, finalmente, Víctor, sollozando—. Murió en un accidente de tránsito, y es él, es él. Leticia me llamó, ella lo identificó, es él —terminó Víctor, llorando.

—Cállate, eso no es verdad —expresó con tranquilidad Alicia, y entró rápido al local.

—Alicia, hija, ¡Dios bendito, espera! —la siguió su madre, con dificultad.

Vivian y el fotógrafo, que habían visto todo, estaban estupefactos.

—Voy a avisar al equipo —habló Vivian—. Joven, Víctor, ¿verdad? Voy a ir a avisar a los invitados en la iglesia. ¿Necesitas algo?

—No, es mejor que vaya yo —respondió Víctor.

Se secó las lágrimas y se levantó de la banca.

—¿Estás seguro? No creo que debas manejar así.

—Sí puedo, gracias —dijo Víctor, para finalizar la conversación.

Al llegar Víctor a la recepción del local, se cruzó con la señora Fina y el papá.

—¡Dios mío, Dios mío! Llama a la policía para que la paren, ¡se va a matar, Arquímedes! ¡Apúrate!

—Estoy en eso, estoy en eso, pero no contestan —repuso el papá.

—¿Qué ocurrió? —preguntó Víctor.

—Se llevó el carro de Arquímedes, se lo llevó, iba muy rápido, no la pude detener, salió como loca, ¡ay, Dios mío, ¿por qué, por qué has permitido esto?! Señor, no le puede pasar nada a mi niña, Dios. Arquímedes, ¿ya lo reportaste? ¡Se va a matar!

—Me contestaron —manifestó Arquímedes, aliviado.

—Voy a buscarla —informó Víctor—, le voy a decir a mi mamá que alguien tiene que ir a la iglesia para avisar, aunque ya deben saberlo. Igual le pregunto.

—Por favor, ¡Dios mío! ¡Que no le pase nada a mi niña! —rogó Fina, histérica.

Alicia iba manejando por la autopista, no había tráfico y le provocaba una empanada de su lugar favorito. El aire acondicionado estaba perfecto y la radio a todo volumen resonaba con un *reggaetón* que había escuchado, pero del cual no conocía la letra. Se concentró en la canción y comenzó a cantar con energía las partes que podía predecir. Luego, cambió el *reggaetón* y este sí se lo sabía, cantó a pleno pulmón y se remeneaba lo que el cuerpo le permitía estando sentada manejando. Mientras se quitaba los ganchos del cabello, el vehículo se salió del carril y le gritó al otro automóvil que se quitara. Más adelante, bajó la velocidad de forma brusca y se metió en una gasolinera al tiempo que un carro le pitó el claxon.

«Es mejor comprar algo, no vaya ser que haya tranque en el camino», recapacitó.

Se estacionó y se bajó del auto, tropezándose con el vestido. Entró al *store* y se dirigió a los estantes de comida chatarra. Encontró su burundanga favorita y escogió un par más, además de una barra de chocolate y una gaseosa. Pagó con el dinero que había en la cartera de su papá.

Salió de la tienda y se subió al carro nuevamente. Mientras manejaba, iba comiendo los *chips* de queso, y se le cayó uno encima del traje, lo recogió y subió más el volumen de la radio. Comenzó a tararear de nuevo, entre tragos de gaseosa. Se topó con un tranque en un punto de la carretera, así que tomó la salida más próxima y decidió ir a ver un lago que estaba por ahí cerca. Como el carro era 4x4, no le preocupaba meterse por esos caminos y, cuando agarró la carretera de tierra, se salpicó soda encima y en el carro. Llegó al sitio y bajó del carro. Había mucha brisa y la vista era espectacular. Caminó largo rato, los tacones se le enterraban en la hierba, así que los dejó en un cesto de basura. Encontró un lugar donde recostarse y se quedó allí, bajo la sombra de un gran árbol, viendo el follaje, hasta que se durmió. Soñó con aves, con insectos que la rodeaban y, por último, con él. Se levantó exaltada. Se incorporó inmediatamente y regresó a la camioneta. Condujo por una carretera serpenteante hasta llegar a un pueblo. Ubicó un estacionamiento y se bajó. El guía de la entrada la recibió diciendo:

—No puede ir vestida así. Si quiere tomarse fotos, este no es el sitio, existen cientos de lugares con muy buenas vistas, pero aquí no.

—No me quiero tomar ninguna foto, solo quiero descansar un rato —repuso Alicia.

—¿Qué zapatos trae? —inquirió el guía.

Alicia alzó el vestido y expuso sus pies descalzos.

—Es más seguro que los tacones —argumentó ella.

—Imposible, muy peligroso. Si tuviera zapatillas, la dejaría pasar, pero, descalza, jamás —aseguró el guía.

Llegó una pareja joven y el guía se dio la vuelta para atenderlos. Alicia comenzó a retornar al auto cuando escuchó:

—Oiga, espere —llamó el guía—. ¿Necesita ayuda? —le ofreció al acercarse.

—No —replicó Alicia, irritada.

Regresó a su auto y fue a otro lugar. Pagó la tarifa, y comenzó el *tour*. Nunca le habían interesado las serpientes, pero, aparentemente, son importantes para el ecosistema. Los pies le dolían un poco y necesitaba agua.

El crepúsculo cayó raudo y las criaturas nocturnas comenzaron a cantar. Le regresó el hambre, así que abrió otro paquete. Necesitaba agua, lo que le recordó que no había orinado. Se bajó del carro a orinar en la hierba al borde de la calle. Un recuerdo brilló fugaz solo para ser eclipsado por un camino de arrieras que pasaba a su lado. Aliviada, se montó de nuevo en el carro y llegó a la primera tienda que encontró abierta. La china la miró, extrañada y le cobró la botella de agua, el paquete de pan de dulce y el de yuca frita grande. Se montó al carro y se tomó toda el agua. Avanzó unos metros y vio un jorón lleno de gente. La música retumbaba y el locutor anunció la orquesta que se iba a presentar más tarde. El nombre de la orquesta le sonó familiar, por lo que decidió bajarse.

Entró y avanzaba mientras la gente se apartaba de ella. Pagó el *tax* y se puso a bailar sola en la pista, entre las parejas, con la música de discoteca. No había puestos libres, así que tomó ron y comió pollo frito con patacones en la barra. Cuando la orquesta comenzó a tocar, salió a bailar de nuevo. En una de esas, un borracho se acercó a ella y bailaron juntos. Sonriendo con la mirada nebulosa, él le preguntó por qué iba tan elegante y ella contestó que venía de un entierro. Ambos rieron a más no poder. Cayeron al suelo y, al levantarse, ella ya no tenía el velo. Salieron del lugar antes que el baile acabara, borrachos, y se fueron a un monte cercano. Ahí lo hicieron. Él se vino, embarrando todo. Después se tumbó a su lado, inconsciente. Ella se levantó, dio un par de pasos y sus dedos del pie derecho, con la perfecta *manicure* rosa pálido, se hundieron en algo húmedo y tibio. Llegó al carro, sacó las llaves del busto, abrió y se acostó en el asiento trasero.

El calor la despertó. Estaba empapada en sudor y la cabeza le tamborileaba. Abrió la puerta y el estómago devolvió su contenido violentamente manchando de naranja al suelo. Salió del auto y el sol abrasador le golpeó los ojos. Caminó al jorón donde había sido el baile y pidió agua. La cabeza seguía tamborileándole una melodía estridente y los pies le dolían. Un señor se le acercó y le preguntó si necesitaba ayuda.

—No, estoy bien —respondió.

—¿Segura? Le puedo llamar a alguien —insistió el señor.

—Estoy en el mejor día de mi vida —contestó Alicia.

Llegó su botella de agua, pagó, se enjuagó la boca y el resto se la bebió completa.

Ya en el carro, regresó a la carretera y luego salió a la principal. Ya estaba cerca de su destino. No había muchos automóviles. Llegó a la playa, hermosa como siempre. El mar azul turquesa, el sol en lo alto y ni un ser humano a la vista. «Fue aquí —recordó— donde me preguntaste. ¿Para qué lo hiciste si te ibas a morir tan pronto?», pensó. Bajó de la camioneta, sin apagarla, y caminó en la arena hirviendo, pero ella ya no sentía dolor. Llegó a la orilla, tranquila, con poca espuma. El agua besaba sus pies descalzos, como coqueteando con ella. Se acordó de la primera vez que lo hicieron. No molestó tanto como le habían dicho, él fue tan dulce y paciente como el mar que ahora jugueteaba con ella. Dio algunos pasos hacia la línea difusa donde el mar se mezcla con el cielo. Los pececillos se iban apartando y el agua fresca fungía como un ardiente tónico. Se sumergió y se hundió hasta el fondo, donde se acordó de todo lo que él le había dicho, cada palabra profunda y estúpida, cada gesto idiota y generoso, cómo la besaba, cómo la penetraba, cómo la abrazaba, cuando la regañaba por la comida chatarra o por ser desconsiderada, cuando experimentó su primer orgasmo con él, su primera pelea, cómo eso la hizo dudar de su relación, el sexo de reconciliación, los chats picantes que él a veces le mandaba y a ella la hacían sonrojar, la cantidad de hijos que querían tener, el negocio que iban a abrir juntos, cómo se burlaba de su manía con el cabello, la sensación de sus dedos entrelazándose con los de ella, lo que a él le gustaban sus notitas en latín, todo, todo. Emergió al aire y gritó con todas sus fuerzas, reclamó su nombre y lloró. Lloró inundando el mar.

EL VIAJERO

La máquina estaba lista; el capullo, conectado y, el espécimen, en su sitio. Este, el elemento más importante de los tres, había sido seleccionado de acuerdo a su contextura y especie. Los soldados lo habían obtenido de las calles de la populosa Nueva Roma, ciudad llena de turistas de todas partes de la galaxia. El espécimen estaba sumergido en una solución nutritiva, conectado a un respirador, dentro de una cápsula blanda especialmente diseñada para él. Unas grandes agujas atravesaban la cápsula y se clavaban en su cuerpo.

Completadas las verificaciones, pulsaron unos comandos y el equipo comenzó a succionar el contenido de la cápsula blanda, el cual, a través de unos tubos, se dirigía hacia el capullo. Este último, conectado a su vez a la interfaz mental, fue creciendo poco a poco hasta que la última gota de materia fue extraída. El capullo comenzó a palpitar y a emitir sonidos impensables. Se abrió y la bestia cayó sobre su costado. Estaban expectantes, la incertidumbre reinaba en el laboratorio. La bestia alzó su cabeza y miró alrededor, olfateando el ambiente. El científico líder salió de su estupor y le preguntó cómo se sentía. Ella se levantó con dificultad, hastiada, al percatarse de su nueva forma.

—Debiste conseguir algo mejor —regañó al científico líder.

—Disculpe, pensé que era lo que deseaba, lamento el fallo. Podemos buscar otro cuerpo —contestó este.

—Parezco un monstruo —gritó la bestia y mató de un golpe al hombre con bata más cercano.

Algunos de los presentes no pudieron contener su miedo; sin embargo, se mantuvieron inmóviles. La bestia se acercó al científico líder y cuestionó su proceder justo antes de abrirle las entrañas. Una vez descargada su ira, le ordenó a la segunda al mando que buscara otro espécimen, un ser menos grotesco: parecer un humano no era lo que quería.

ALTIOREM

No puedo respirar, miro hacia arriba y el resplandor blanco a lo lejos me llama a su encuentro. Me arrastro entre la materia viscosa, evitando tragar el material irreconocible. Mi mano derecha, en un último esfuerzo, empuja la membrana que me retiene y con las piernas pateo hasta caer en un receptáculo. El blanco del lugar me ciega. El agua corre libre y se lleva la suciedad viscosa. He nacido de nuevo, pero hace muchos años que estoy en este mundo. Vomito viscosidad y mi entorno se vuelve negro.

Corro en el vacío, huyendo de un mal omnipresente, hasta que caigo en un foso que se cierra y, atrapada, golpeo, pateo, grito, lloro. Mi corazón palpita a revoluciones impensables, sigo pateando y gritando hasta que el negro se torna gris y luego blanco. Duele el resplandor. Sollozo, afligida, mis extremidades chocan por todos lados, en ángulos imposibles. Hay rostros en la distancia, susurros.

Grito por última vez y, en muy poco tiempo, vuelve la oscuridad.

El viento pronuncia mi nombre y percibo un rostro al lado mío. La blancura ya no me duele. Será la muerte, que vino a buscarme. Otras voces al fondo continúan la charla, pero el rostro me consuela, me enamora, y quedo perdida en sus ojos.

La tapa es removida y el frío me hace temblar. El aire es muy liviano, los objetos giran y el rostro flota encima de mí; me abandono a sus ojos, que me alimentan. Una sonrisa ilumina mi mundo, algo duele en la cabeza, arriba, donde estuvo la mollera. Su respiración me da vida, puedo sentir cómo todo es mejor con ese rostro que me absorbe hacia la nada.

El cuerpo del sujeto se mantiene en el recipiente de almacenamiento esperando a ser diseccionado. El grupo de científicos aguarda con ansias los resultados del análisis. Cuando el equipo emite los resultados, los presentes comienzan a celebrar, han logrado validar que el procedimiento de Simulación de Realidad Compasiva (SRC) es cien por ciento efectivo para extraer una cantidad mayor a la esperada de compuesto de la amígdala modificada sin crear estrés innecesario en el sujeto. Ahora pueden continuar con la producción del antídoto. Después de muchos intentos fallidos, haber encontrado la solución en el *Homo sapiens* fue una gran revelación. Con este logro, el *Homo altiorem* evitará su extinción y continuará siendo la especie dominante del planeta.

EL SAPO COMENIÑOS

Luisa estaba jugando en el patio cuando se topó frente a frente con el sapo comeniños. Se encontraba dándole forma a sus galletas de tierra cuando se le ocurrió que era mejor preparar unos tamales. Su mamá le había dicho que estaba terminantemente prohibido acercarse a las plantas de guineo porque allí había culebras que la matarían enseguida. Luisa no quería desobedecer a su mamá, sin embargo, era necesario hacer un tamal y para eso necesitaba la hoja de la planta de guineo. Desde el pasillo del patio, ve que hay una hoja más alejada: esa es la que decide ir a buscar.

Camina por el patio segura de que, con el ruido de la lavadora, su mamá no la iba a escuchar. Al acercarse a la planta, sus dedos alzan la hoja más distante y la hala, pero esta no cede. Para su sorpresa, un sapo gigante que estaba debajo la observa desafiante. Este abre la boca, salta hacia ella y engulle su piernita. Luisa cae al suelo muda por el pánico, igual que la planta de guineo, todavía aferrada a la hoja, y el sapo a punto de tragársela entera. Comienza a patear al anfibio con el pie libre hasta que este sale volando por los aires y cae boca arriba en el otro patio. Luisa se levanta en tropel y corre despavorida a la lavandería.

Su mamá sale de la cocina en ese momento y ve subir por la escalerita a su hija con cara de espanto, llena de lodo y con una hoja de la planta de guineo.

—¿Qué te pasó a ti? —le pregunta. La niña, que no la había visto, se pone rígida y se queda muda—. ¿De dónde sacaste eso? —quiere saber la mamá, arrancándole la hoja del guineo de la manita—. Estuviste en los guineos, ¿verdad? ¿Es que acaso tú no entiendes? —le dice, mientras se asoma a ver la mata caída.

Luego, agarra a la niña con fuerza por el brazo y la arrastra dentro de la casa. Luisa comienza a llorar, rogándole a su mamá que no le pegue. Al llegar al cuarto, la abofetea fuerte, pero no cae al piso porque la tiene sujeta del brazo. Su mamá continúa vociferando:

—Chiquilla de mierda, nunca haces caso, eres nada más que problemas. Ahora, ¿quién le va a decir al viejo Juan que tumbaste el tallo de guineo? Voy a tener que sembrar esa mierda de nuevo por tu estupidez. Mira cómo has ensuciado esto, lo único que haces es joder. Ahora me va a tocar limpiar esta mierda de lodo, ¿acaso crees que soy tu puta sirvienta? Quítate esa ropa y dámela, y pasa al baño de una vez. Y más te vale que estés lista cuando regrese de guindar la ropa, porque vas a doblar todo lo que está en la cama. Nada más te pasas el día jodiendo. La próxima vez que me desobedezcas, te voy a dar una cuera de la que no te vas a olvidar.

Luisa corre al baño y se asea lo más rápido que puede. De regreso en el cuarto, luego de vestirse, se pone a doblar la ropa de la cama. El ojo izquierdo le lagrimea un poco y se siente la cara hinchada. Un pajarito se posa en la tableta de vidrio de la ventana y comienza a cantar. Luisa se levanta de la cama, se para debajo de la ventana y, poniéndose de puntillas, llega a ver el pajarito, que después de unos segundos sale volando lejos. El día está soleado y unos niños juegan a la pelota en el patio del vecino. «Ojalá que no se encuentren con el sapo comeniños», ruega Luisa. Al escuchar sonidos en la cocina, corre de una vez a seguir doblando ropa. Cuando su mamá regresa, Luisa ya tiene varias prendas dobladas.

EL OCASO

—María, mi amor, ya debemos irnos.

—Esperemos un poco más, por favor.

Con su mano derecha, Augusto, se hiende el cuello de la camisa por enésima vez. Luego, mira el sol en poniente.

—Si seguimos esperando, nos vamos a quedar atrapados, mi amor, tenemos que irnos.

María, con la vista fija en el camino, sujeta la mano de su ahora esposo, mientras su traje blanco baila con la brisa que viene del este y el ramo de flores la ancla a tierra. Escucha un hermoso canto y alza la mirada para ver el azulejo en el guayacán sin flores. Recordó cuando lo había plantado con él.

—Todavía nos queda tiempo, él va a venir —responde María a la vez que el azulejo emprende vuelo—, me lo prometió. De seguro tuvo algún problema, podemos esperar un poco más.

—Siempre es lo mismo, dice que va a hacer algo, tú le crees y no lo hace, no le interesa lo que te pueda pasar. Además, que haya enviado el dinero fue decir que no iba a venir.

—Él cambió, ya no es así, y no siempre fue de esa manera, bien lo sabes. Debemos esperar un poco más, por favor —le estrechó la mano—, es mi última oportunidad.

¿Por qué será que esa mirada suplicante siempre lo convence? Augusto, derrotado, suspiró y volvió su rostro nuevamente hacia el ocaso. «Tienes razón, María», piensa, recordando la vez que fueron juntos al río cuando eran niños, y, como ese, muchos otros recuerdos de la feliz infancia de ella que él mismo pudo presenciar y, en ocasiones, incluso, participar. Después, Augusto no lo volvió a ver hasta hacía un año, tras la muerte de la madre de María. Se ofreció a efectuar innumerables tareas y hasta propuso soluciones, todo con devoción; se esforzó en reponer el tiempo que le había quitado a ella. Fue él quien formuló el plan y, sin miramientos, fue ejecutado con eficacia. Nunca olvidaría su mirada, primero de terror absoluto, después de entrega total. Esa mirada perseguiría a Augusto hasta el fin de sus días. Él estima que puede vivir con eso, está acostumbrado a tomar decisiones difíciles, y no fue lo único que tuvo que sacrificar. Se sorprende de no sentir remordimiento alguno, sabe que su corazón no está vacío, pues ama a María. O puede ser que solo sea capaz de amarla a ella. Determinado, en ese momento, decide que nunca revelaría cuánto costó el paraguas. Le tocará a él llevar la carga más pesada, solo.

Las manos de María sudan aferradas a Augusto y al ramo. ¿Qué pasará ahora? Está desconsolada en su interior, no acepta este resultado después de tanto planificar. ¿Qué salió tan mal? Quedó estupefacta cuando llegó Augusto y no él; luego, todo pasó muy rápido. No tuvo tiempo de reflexionar sobre cómo actuar. Y ahora ya no podía dar vuelta atrás. Tal vez sea lo mejor; no obstante, le es imposible sentir un escozor al aceptar el inminente resultado.

Largas sombras comenzaron a danzar dando la bienvenida a la noche, las criaturas de la oscuridad susurran su melodía nocturna y el paraguas parece querer irse por cuenta propia avisando que el tiempo se agota.

—Mi amor —declara Augusto—, no podemos quedarnos más, sabes que esta es la única manera de salvarnos.

María bajó la cabeza para ocultar sus lágrimas y se aferró a Augusto, quien abrió el paraguas. Ella soltó el ramo y juntos se fueron flotando con el ocaso.

LA ESPERA

Me despierto del ensueño cuando la señora me toca con fuerza el hombro y me indica que es mi turno. Estoy rígida y, al llegar el señor con la sierra para cortarme de raíz y moverme, recuerdo todo.

Mi odisea comenzó cuando, por cosas del destino, tuve que hacer un trámite en el ministerio. Usted sabe, de esos que ruegas nunca tener que hacer. Como en todos los ministerios, debía esperar a que me llamaran. En el recinto ubiqué la única silla vacía en la esquina al fondo de la sala. Al llegar, sacudí el aserrín del asiento.

«Pedro González», oí en el altavoz. Era el que estaba justo delante de mí. Sentí alivio, noté que no tuvo que esperar mucho, porque apenas tenía un ligero brote en la pierna derecha. Intenté distraerme observando la decoración del lugar: plantas en todas partes, algunos árboles pequeños en potes enormes, en un fondo gris soso. Sin embargo, las horas pasaban y nada que escuchaba mi nombre.

Me acerqué a la señora en el escritorio y le pregunté cuánto más tardaría, porque necesitaba hacer otras diligencias. La señora respondió sin mirarme, mientras seguía con sus tareas:

—Tiene esperar a que la llamen.

—Y, ¿podré enviar a alguien a que haga el trámite por mí? —quise saber.

—No —me contestó con el mismo tono apático de antes.

Regresé derrotada a mi asiento y, a manera de distracción comencé a revisar mis redes sociales. Al salir de ese agujero negro, intenté estirarme, pero sentí un tirón en los dedos de mis pies. Bajé la vista y vi que mis dedos ya habían salido de los zapatos y estaban inmersos en una grieta que no había identificado en el suelo. Con suavidad, intenté mover los dedos del pie izquierdo, pero fue imposible, con el más mínimo movimiento sentía un doloroso estirón que amenazaba con arrancarme los pies. Observé con más cuidado y me percaté de que los dedos estaban enraizados en algo más abajo del cemento. Miré angustiada a la secretaria. Al parecer, ella advirtió mi ansiedad porque contestó:

—Todavía no es su turno.

Abandoné la esperanza de no demorar en el trámite y volví a contemplar mis alrededores. El movimiento de personas ya había disminuido y un reducido grupo nos manteníamos esperando. Poco a poco, con el incesante pasar del tiempo, entré en un ensueño nebuloso y me dispersé en la inconsciencia. De vez en cuando, me reincorporaba y preguntaba cansina:

—¿Cuánto falta?

Y siempre obtenía la misma respuesta:

—Debe esperar.

A mi izquierda tenía dos acompañantes, cada uno con un trámite diferente y también esperando. Al inicio eran habladores, luego estaban igual que yo: como parte de la decoración del local, la esquina nos pertenece y a la esquina pertenecemos.

Ahora el funcionario con el suéter del ministerio, sudado y con una sonrisa fatigosa, inicia el corte.

—Con cuidado —le indico.

—Tranquila, bella, tengo experiencia, llevo años en esto —responde.

—Ok —es cuanto puedo articular.

—Sí —continúa él—, con el cambio de gobierno, las cosas se ponen más lentas, usted sabe, y yo tengo más trabajo.

Termina de cortar, apaga la sierra y la coloca al lado del escritorio de la señora.

—No me vas a dejar esto aquí, que voy a ir a almorzar —protesta la recepcionista.

—Tranquila, bella, que solo muevo a la señora adonde Marta y regreso por ella —repone el funcionario.

—Bueno, apúrate, que tengo hambre —refunfuña la mujer.

El funcionario me toma por la cintura y las piernas, me coloca sobre su hombro izquierdo y alcanzo a ver el asiento y el piso lleno de aserrín antes de advertir la raja que se escapa del pantalón y que se convierte en todo mi campo visual mientras atravesamos la puerta que nos encamina al laberinto de cubículos. Me sienta encima de un escritorio y me recibe Marta arrancándome los documentos de las manos.

—Ay, mamita —manifiesta ella mientras se sacude el largo cabello rubio teñido hacia atrás—, pero usted no debía venir a hacer eso acá, eso es en la oficina de Tumba Muerto. Mire ahora en qué estado está, usted tenía que preguntar primero.

Abro los ojos como pepas al borde del colapso sin poder verla directamente porque está a mi izquierda.

—Tranquila mamita, que podemos ayudarle con el transporte. No se me desespere, yo le digo a

Manuelito que venga a recogerla y la lleve, espere un momentito, nada más que, usted sabe, dele un salve a Manuelito, porque eso no lo paga el ministerio, eso lo hacemos nosotros para ayudar al usuario. Ya vengo.

Y escucho el taconeo coqueto de Marta que se aleja a mis espaldas.

¡Y que me lamba un sapo! ¡Qué vida la mía! Pero no puedo terminar de lamentarme porque regresa Marta con un joven.

—Señora —comienza Marta—, este es Manuelito, el mensajero, él la va a llevar a Tumba Muerto y la deja en la sala de espera, no se preocupe, ya yo hablé con él para que le diga a Brígida, una amiga mía allá, que la ayude, así no va a esperar mucho.

—Venga, señora —dice Manuelito.

Y me carga en su hombro derecho. Ahora mi campo visual es solamente la espalda baja y el trasero de Manuelito, sin raja.

—Y recuerde, mamita —finaliza Marta dándole mis documentos a Manuelito—, dígale a Brígida que va de mi parte, así no demora mucho allá. Señora Karina, voy a comer, que ya son las doce y quince.

Eso es lo último que escucho al salir encima del hombro de Manuelito por la puerta trasera del ministerio.

LOS OTROS

Rosa estaba recorriendo los pasillos de la tienda, buscando enseres que no hicieran mucho ruido. Julio estaba esperándola en la puerta de la entrada, vigilando si se acercaba alguien. Una puerta chirrió y un zumbido mecánico ocupó la estancia. Son varios, más de dos. Rosa envuelve el paquete de galletas en una toalla y lo mete en la mochila, se asoma al pasillo con el espejo, no ve nada, así que corre hasta la salida, donde está Julio. Ambos voltean a ver la penumbra, ambos lo habían escuchado. Julio da la señal y salen al estacionamiento, sigilosos, en la oscuridad, hasta donde los espera Héctor.

—Esto está lleno, debemos irnos de esta zona —murmura Rosa.

—No podemos, me arde mucho la piel, los lugares altos están lejos, debemos seguir con el plan —imploró Héctor.

Rosa hace una mueca y, al final, los tres acuerdan que deben descansar. Cruzan la calle hacia el hotel, entran por la zona de servicio a una estancia pequeña. Los tres llegan a la escalera de emergencia y comienzan el ascenso. Demoran en llegar, ya que pararon con periodicidad para ver si algo los seguía. Entraron en el piso 31 y se hicieron cerca de la estación de limpieza. Se quitaron las máscaras y la primera capa de ropa. Apenas se sentía el gas.

—Héctor, ve tú primero, nosotros podemos esperar —dijo Julio.

La esquina se percibía segura. Al fondo estaba una escalera de emergencias; a su lado, el cuarto de servicio con baño, que no se veía fácilmente desde el pasillo. Luego de cumplir con el ritual de limpieza, repartieron las provisiones para almacenarlas, cada uno su porción.

—Les traje algo —dijo Rosa cuando sacó una botella pequeña de seco de su maleta.

Julio se alegró, Héctor dijo con tristeza que ese no era su favorito, a lo que Rosa respondió que iba a bajar inmediatamente a buscarle su licor favorito. Los tres rieron en bajo y callaron inmediatamente después.

—¡Por Walter! —brindó Julio, y bebió de la botella.

—¡Por Walter! —respondieron Rosa y Héctor, cada uno en su turno.

Los tres quedaron inmersos en sus propios pensamientos, sin atreverse a exteriorizar sus angustias. Habían sido tres meses de pesadilla, pero la última semana había resultado especialmente trágica: perdieron a tres de su grupo; uno de ellos, Walter, quien los había entrenado y ayudado en todo. Y, además, estaban los que habían perdido cuando llegaron los otros.

—Debemos dormir —dijo Héctor.

Exhaustos por la travesía y con el estómago satisfecho, hicieron turnos para dormir. Cuando a Rosa le tocó el segundo, quedó como piedra sobre la alfombra. Sus sueños se volvieron violentos, ellos la estaban persiguiendo y estaban matando a alguien. Un cuerpo cayó y Rosa despertó de la pesadilla para ver el cuerpo de Julio en una posición imposible y a Héctor con las piernas pataleando delante de una sombra negra cuyos tentáculos metálicos exprimían su cuello. Ella se levantó, salió por la escalera de emergencias y comenzó a subir lo más rápido que pudo. Escuchó la puerta volver a abrirse, y el zumbido metálico detrás de ella. Toda la vida había sido rápida, pero no parecía lo suficiente ante el potente avance de su contrincante. Al sentir que se reducía la distancia entre ella y aquello, se detuvo de improviso y le disparó. La máquina se desplomó al vacío. Continuó su ascenso hasta que salió al piso cuarenta y cinco. En el pasillo, trató de ubicarse, sin aliento, y siguió; no parecía haber nadie, estaba oscuro, pero sabía que regresarían por ella, así que necesitaba encontrar la otra escalera, necesitaba alejarse. Mientras corría suave, tratando de no hacer ruido, abrió algunas puertas de las habitaciones que iban apareciendo. Llegó a ver la salida de emergencia y se detuvo a escuchar. El silencio era aplastante. Observó el pasillo en penumbra y las puertas que había dejado abiertas, y deseó ser más creativa, como Julio, porque necesitaba crear una distracción que los alejara de ella. Decidió ejecutar el único plan que se le ocurrió: accionó la alarma contra incendios. Las luces blancas y rojas se activaron e inmediatamente corrió a la escalera de emergencias que quería utilizar. Estaba iluminada y aparentemente sin moros en la costa. Subió lo más rápido que pudo, tratando de hacer el menor ruido posible. Al llegar a la azotea, abrió la puerta con cuidado. Estaba vacía. Buscó un escondite y se sentó. La vista era perturbadora. El mar estaba tranquilo, verde, se notaba espeso a pesar de la noche, no se veían las estrellas, hacía mucho tiempo que era así, y a más de sesenta pisos de altura se percibía el aire rancio: el gas ya había llegado a esa altura. Ahora estaba sola, todo se estaba tornando más diabólico y espeluznante, su hogar se estaba transformando, Héctor tenía razón. Esperaba que no hubieran sufrido mucho. Estaba completamente sola. Las lágrimas se deslizaban por sus mejillas. No le quedaban provisiones y los otros sabían que no podía bajar sin su máscara. Con un poco de dificultad, se asomó al borde y solo vio oscuridad. La puerta de la azotea se abrió estrepitosamente y Rosa se acostó en el piso en una esquina: las opciones eran ellos o saltar. Oyó el inquietante zumbido, eran dos, salió del escondite y se trepó en el borde, cuando un brillante resplandor en el cielo agitó las nubes iluminando la atmósfera, casi como un día normal. Ella volteó la cabeza y por primera vez los observó: el metal extraño, la forma regular, los tentáculos casi rozándola; y, luego, un sonido explosivo la tumbó, y cayó de espaldas sobre la azotea. Vio el cielo arder al tiempo que una bola de fuego comenzaba a descender, dejando una estela de escombros que se desintegraban en la atmósfera. Sus perseguidores ya no la veían; alzaron el vuelo junto a cientos de otros. La bola de fuego gigantesca se perdió en el horizonte y otra pequeña descendió veloz mientras el enjambre de los otros comenzó a disparar a eso que bajaba, hasta que lo primero se sumergió en la bahía. Algo salió del agua y los disparos llovieron por doquier, a lo que se le sumaron estallidos, detonaciones y estruendos. Eso surge nuevamente y sobrevuela más lento el cielo. Rosa alcanza a ver que no es una nave, tiene forma de persona, pero grande. Una de las naves de los otros se acerca a eso que vuela y comienza a dispararle. El segundo destruye con un solo disparo a la nave. Ese ser sigue sobrevolando, destruyendo más naves, a otros que se le acercan y ubicaciones en tierra, hasta que solo se puede ver el resplandor de las explosiones a lo lejos. Algo está peleando contra ellos.

LA DECISIÓN

El canto del gallo sacó a Nilsa de sus cavilaciones. Se había despertado un par de horas antes. Le pasaba a veces sin ningún motivo, pero hoy sabía por qué. Elevó una plegaria al cielo y se levantó despacio; ahora siempre tenía que levantarse así. El cansancio de los años caía en sus delgados hombros; sin embargo, el día acababa de iniciar y se tenía que despabilar, debía completar su plan. Puso el café y luego salió al frescor de la madrugada, con su rebozo en la cabeza y la comida en la mano. Escuchó la emoción de las gallinas y, cuando vertió la comida, el cacareo se intensificó. Caminó un poco por el patio, meditando hasta percibir el aroma del café. Desayunó lo acostumbrado, se bañó y se puso su ropa de cama de nuevo. Ahora solo faltaba esperar.

Como en ocasiones anteriores, dos personas la fueron a recoger, a cuál de las dos más zalamera. «No han perdido la labia», pensó Nilsa. Sin embargo, ese día ella tenía la excusa perfecta, ensayada desde hacía un mes, sin posibilidad de réplica ni miramientos negativos. Cuando dio sus excusas a los representantes, estos, como era de esperar, se compadecieron rápidamente de su situación y avanzaron raudos a la siguiente casa.

Nilsa se cambió de ropa y esperó con paciencia a que el pueblo quedara vacío. Su hija Alcira la esperaba en el patio, detrás de la casa de las gallinas. Con un silbido que imitaba a un ave, Alcira llamó a su madre y esta salió sigilosa, procurando que nadie la viera. Caminaron a través del monte todavía marchito, para llegar hasta el *pickup*, pagado por Alcira, que las llevaría al siguiente centro más cercano, que estaba a dos horas a través del camino empantanado por las primeras lluvias.

El viaje fue angustioso, ambas mirando el camino, rogando no toparse con nadie, especialmente con la caravana que transportaba a sus vecinos, además de evitar daños al vehículo alquilado.

Gracias a la buena planificación de madre e hija, no sufrieron encuentros indeseables y llegaron a la carretera buena. Poco tiempo después, pasaron la entrada de su antiguo centro. Nilsa vio fugazmente la algarabía en el lugar, tal y como ella lo recordaba, como siempre había sido. Ahora faltaba una hora más de camino y, mientras seguían avanzado, el corazón de Nilsa aumentaba su galope.

Vehículos de diferentes tamaños, algunos con emblemas, se movían en diversas direcciones. En esta parte del camino ya el verde vivo reemplazaba al árido paisaje de verano y algunas nubes grises bloqueaban el sol.

—Hace mucho frío —protestó Nilsa.

—Está en lo más bajo, mamá, y no me dejas apagarlo.

Nilsa protestó con un suspiro, apretó sus brazos contra el cuerpo y siguió mirando al frente, ansiosa.

Finalmente, el lugar. Nilsa nunca había ido a ese centro, no lo conocía, pero Alcira sí había visitado el lugar y tenía todos los datos para guiar a su madre sin que nadie más se entrometiera. Primero bajó Alcira a revisar que no hubiera moros en la costa, mientras Nilsa se cambiaba los zapatos, llenos de lodo. Luego, regresó al carro y ayudó a bajar a su madre, que ahora estaba con el corazón en tropel.

—Hija, siento que me va a dar un faracho —dijo Nilsa.

—Tranquila, mamá, que todo va a estar bien, aquí no hay ninguno de los de allá, acá hay otros, tranquila.

Con cuidado, avanzaban mirando de un lado para otro, casi paranoicas, tratando de distinguir si había algún rostro conocido en el mar de gente que se movilizaba alrededor, guiando grupos, verificando datos y lo demás que se hace en esos eventos.

La fila era corta para su salón. «Gloria a Dios», pensaba Nilsa, sin atreverse a hablar con su hija, que no paraba de observar el entorno. Finalmente, entregó sus documentos y, luego de cumplir los requisitos pertinentes, avanzó sola con los formularios en la mano. El puesto, como siempre, era pequeño, incómodo, pero Nilsa se tomó su tiempo, a ella nadie la iba a apurar. Estaba sola, era la primera vez que nadie la guiaba, que nadie estaba afuera impaciente por asegurarse que marcara las casillas correctas, y fue en ese momento, por primera vez, que Nilsa, en sus setenta años de vida, se sintió libre y soberana de este acto. Era ella la que escogía, y estaba segura de a quién seleccionar para cada cargo. Había hecho la tarea de investigar, dentro de sus posibilidades. Recordó lo que le había costado aprender a utilizar ese aparato para encontrar la información que ella necesitaba porque ni la radio ni la tele viejita le proveían de datos útiles, y cómo, poco a poco, ubicó las páginas webs donde había información, donde ella podía ver los datos de su provincia y en donde su pequeño terruño aparecía como algo insignificante. Recordó el puente que no le construyeron; a su hijo Ignacio, que murió a los pocos días de nacido porque no pudo llegar a tiempo al hospital, en la cabecera; lo que le costó mandar a estudiar a Alcira con la beca que ellos le dijeron que le regalaban cuando su hija era y es en realidad brillante; la muerte de su sobrino Benigno, que se fue a la capital y se metió en esa pandilla, y después no conseguía trabajo, y recordó todas las cosas malas que él hizo y de las que se enteraron por las noticias. Ella sabía que sola no iba a hacer mucho, pero este año ya no podía seguir en el juego de ellos, por ella y por su hija y porque ellos nunca habían hecho nada bueno más que regalar bolsas de comida y juguetes. Con la mano ligeramente temblorosa (porque desde hacía algunos años se le había puesto así) Nilsa marcó por primera vez en su vida una casilla diferente a la que le decían los diversos personajes que la habían recogido en su casa y llevado al centro de votación cada cinco años.

www.ingramcontent.com/pod-product-compliance
Lightning Source LLC
Chambersburg PA
CBHW031154160726
47992CB00006B/2453